Les

urs à Paris

8° Z
LE SENNE
11934

LES

FLEURS A PARIS

CET OUVRAGE

A ÉTÉ TIRÉ A 525 EXEMPLAIRES

tous numérotés

N°s 1 à 5 sur papier du Japon contenant deux suites des planches avec remarque, et une aquarelle originale.

N°s 6 à 25, sur papier du Japon, et une suite des planches en bistre avec remarque.

N°s 26 à 525, sur papier à la cuve teinté.

N° 271

HUGUES LE ROUX

LES FLEURS

A PARIS

PARIS
MAISON QUANTIN
COMPAGNIE GÉNÉRALE D'IMPRESSION ET D'ÉDITION
7, rue Saint-Benoît, 7

1890

A Madame

FRANCIS MAGNARD

Hommage respectueux.

HUGUES LE ROUX.

I

LA MARCHANDE DE VIOLETTES

I

LA MARCHANDE DE VIOLETTES

NE allée des bois de Bellevue. A la chute du jour, nous revenons, porteurs de ces derniers bouquets d'automne, où il y a plus de pourpre de feuilles que d'éclat de fleurs et qui, dans les maisons

de campagne dont le vent d'équinoxe bat déjà les volets, couronnent une dernière fois le cristal des vases, comme pour une fête d'adieux.

Aux bruyères décolorées, aux folles herbes cueillies sur la route, tu as mêlé quelques roses, — don du vieil ami visité avant le départ, avant le retour à la ville. Monté sur une échelle, le sécateur hésitant dans sa main qui tremble, il a voulu couper pour toi, à sa treille, les dernières « malmaisons », — et, dans le sentier du bois, ton bouquet laisse, en traînée, le parfum de ces fleurs d'arrière-saison, où passe toute l'âme des sèves mourantes.

Tu me demandes :

— « De qui donc est-il ce vers qui chante dans mon souvenir :

Une rose d'automne est plus qu'une autre exquise ? »

Et je te dis que ce n'est point un poète poitrinaire de la pléiade romantique, ni Gautier le païen, ni Lamartine l'harmonieux, ni

Hugo, le frère des fleurs et des arbres, qui a enfermé dans cet alexandrin — comme un arome dans une bague — la mélancolie de son cœur; mais qu'au temps des guerres de religion, des massacres, des coups d'estoc, des bûchers flambants, un huguenot bardé de fer, Agrippa d'Aubigné, l'a écrit sur ses tablettes, pendant une chevauchée militaire, entre deux pendaisons de papistes.

Et tu es remuée profondément à l'idée que ce soldat des vieux âges, un jour, sous sa cuirasse, a senti son cœur se fondre, comme fait le tien, au parfum d'une fleur automnale.

Le sentier où nous marchons s'élargit en clairière. Au bord du fossé, un panier d'osier est posé sur l'herbe; des bottes de bruyères liées, des violettes perpétuelles s'y entassent; un morceau de pain est abandonné tout près. Il y a des oiseaux qui rôdent autour. Notre approche les fait envoler à tire-d'aile.

A droite, à gauche, nous regardons sous les taillis éclaircis et l'on appelle :

— « Ohé! la marchande de fleurs! »

Là-bas, très loin, au milieu des buissons, une forme noire se dresse sur le rideau de feuilles mortes. C'est une fillette de douze ans. Elle a sur sa tête la capeline rouge du Petit Chaperon. Elle met sa main sur ses yeux pour mieux voir. Elle ne répond pas. Elle n'a pas l'air tranquille. On dirait qu'elle songe à part soi :

— « Si ces gens-là allaient m'emporter mon panier de fleurs! »

Il faut la rassurer.

Je lui crie :

— « Petite, veux-tu nous vendre tes bouquets de violettes? »

Je pensais qu'elle se mettrait à courir de joie. Mais non. Elle s'approche lentement, encore défiante. Elle est bien petite, cette bouquetière de forêt; pourtant, à n'en point douter, elle connaît la vie. Elle ne croit déjà plus aux bonheurs surprenants. Elle attend d'être bien sûre pour se réjouir.

La voilà sur le fossé. Des pieds à la tête elle nous examine. Elle regarde les fleurs que nous avons dans nos mains, puis son panier, — peut-être pour s'assurer que la douzaine de bottes est bien complète, — enfin, sans sourire, elle demande :

— « De la violette ? combien que vous en voulez ?

— Mais tout le panier, si tu n'as rien vendu d'avance.

— Et la bruyère aussi ?

— Va pour la bruyère.

— Ça vous fait vingt-deux sous. »

Puis, précipitamment, pour prévenir un marchandage, elle ajoute :

— « La violette est bien rare de ce moment-ci. Vous me croirez si ça vous plaît, mais je suis depuis ce matin à cueillir... »

Elle s'assoit sur le fossé, et, très vite, entre ses doigts habiles, sur leurs longues queues, elle fait tourniquer les violettes de son tablier. Puis elle met autour du bouquet la collerette de feuilles de lierre.

Nous reprenons le sentier, sous les arbres. La fillette marche devant. Elle s'est apprivoisée. Elle cause.

— « Si tu ne nous avais pas rencontrés, qu'aurais-tu fait de tes fleurs?

— Je les aurais portées à Paris.

— Tu y vas souvent ?

— Tous les deux jours.

— Tes parents sont jardiniers?

— Non, ils font du charbon dans la forêt. En ce moment ici, nous habitons une cabane, à côté du four, vers les étangs de Chaville. Ma mère aide mon père à son feu. Depuis cette année, ma grand'mère ne m'accompagne plus à la cueillette. Elle a mal au dos. Elle ne peut plus se baisser. Mais, en été, quand le coucou donne, j'en ai ma charge de paniers. Je pourrais pas porter ça toute seule ; alors la grand'mère m'accompagne.

— Vous allez à pied à Paris?

— Bien sûr, et il y en a qui viennent de plus loin, de Montmorency, de la forêt de Sénart, — surtout au moment des jonquilles. — Ils en ont beaucoup par là-bas. Faut partir de bonne heure, à trois heures du matin, à la nuit pleine. Pour revenir, il y a parfois des maraîchers bien complaisants qui vous ramènent dans leurs maringotes; mais pour l'aller, c'est pas la peine de compter là-dessus : chacun sa charge, n'est-ce pas?

— Et où vas-tu vendre tes fleurs? Autour de la halle?

— Oh! non. Par là, on a trop de concurrence; c'est bon pour les ceux qu'ont de l'argent et qu'achètent à la criée. Je vais m'asseoir vers les ponts, là ousque je connais des agents qui me disent rien. Je leur donne un bouquet par-ci par-là, pour leur bonne amie, et ils ne me taquinent pas.

— C'est donc défendu de vendre des violettes aux passants?

— Oui, quand on n'a pas une plaque de la préfecture.

— Et qu'est-ce que tu gagnes dans la belle saison? »

La petite me regarde d'un air important et dit en hochant sa capeline rouge :

— « Des dimanches que je me suis fait une pièce de trois francs.

— Avec tes violettes?

— Avec des muguets.

— Il y a donc des muguets dans le bois de Bellevue? — Je n'en ai jamais rencontré. »

Ici un silence. La fillette se mord les lèvres. Elle regrette d'avoir trop parlé. Elle reprend un air défiant et répond par ce renseignement vague :

— « Il y en a, très loin. Faut connaître les places. »

Et, jusqu'à la maison, elle marche, pensive, sans plus parler, fâchée d'en avoir tant dit, subitement rentrée dans sa réserve campagnarde.

Vous qui rencontrerez ma petite bouquetière sur les ponts, où elle promène l'éventaire et poursuit les passants de son :

— « Fleurissez-vous, messieurs, mesdames, la belle violette à deux sous ! » si vous voulez que, le soir, elle rentre heureuse à sa cabane de charbonniers, ne lui dites pas — même pour rire — que vous avez découvert les « places du muguet » dans le bois de Chaville.

II

LA HALLE AUX FLEURS

II

LA HALLE AUX FLEURS

E silence s'est fait dans les bois. Le coup de vent d'équinoxe a balayé les dernières feuilles. Le drap de neige est étendu sur la campagne. Il a éteint le fourneau des charbonniers. Il a si bien dis-

simulé les chemins, sous ses épaisseurs de ouate, que les petits sabots de la marchande campagnarde ne sauraient pas retrouver la route, nivelée avec les champs.

Mais Paris a besoin du printemps éternel. Il veut des parfums et des fleurs pour ses fêtes, pour ses fiançailles, pour ses tombes. Il veut, sur les cheminées, au-dessus du feu qui flambe, la gaieté du bouquet. Il veut la touffe de parme glissée au coin des manchons, à la boutonnière des corsages, frileusement, dans la fourrure.

Aussi, de la halle aux fleurs, comme en été, partent tous les jours les petites voitures de violettes. Il traîne, au coin des rues tristes, des relents de fleurs mouillées. La surprise vous guette, des éventaires frais, bigarrés, vibrants comme une chanson qui fond l'angoisse.

La marchande de fleurs est remisée avec sa charrette dans le courant d'air des portes. Là, les pieds sur sa chaufferette, les mains sous son tablier, résignée, elle regarde passer les collets relevés des pelisses, — tandis que ses bouquets se frisent et se tuyautent au froid. Elle prend patience. Elle guette une demi-heure de soleil pour rouler, dans ce pâle rayon d'hiver, sa charretée de couleurs, d'odeurs, de gaieté lumineuse, avec ce clair cri d'oiseau qui fait s'entre-bâiller les fenêtres :

— « A la *russe*, mesdames ! à la *russe !* »

Ne vous êtes-vous jamais dit, en passant près d'une de ces voitures parfumées, que, au lieu d'aller à votre bureau ou à votre atelier, vous auriez de la joie à retrousser vos manches, à pousser devant vous, le jour durant, la voiture de fleurs, d'heure en heure moins lourde ?

Et vous êtes-vous demandé :

— « Comment donc peut-on bien s'y prendre pour devenir marchande de fleurs ? »

Je n'en savais pas plus que vous avant d'avoir pris, un beau matin d'hiver, le chemin de la halle — à l'heure où les bals battent leur plein, où, de la rue, l'on voit passer comme des ombres chinoises, sur les rideaux des grandes fenêtres éclairées, l'enlacement alangui des cotillonneurs.

Vous connaissez le décor des halles, à quatre heures du matin. M. Zola nous l'a montré dans son *Ventre de Paris;* M. Henri Rivière, du *Chat noir*, dans sa *Tentation de saint Antoine.* Et peut-être vous-même, un jour de carnaval, l'Opéra fermé, au bras d'une débardeuse, avez-vous promené votre pâleur de pierrot entre les deux pavillons.

Un horrible faux jour est créé là par d'innombrables réverbères. Entre les volets et les toitures des halles, la charpente métallique encadre des pans de nuit bleue.

Le marché « aux fleurs coupées » est installé dans la travée centrale du pavillon que l'on rencontre sur sa droite, quand on monte du quai Saint-Eustache. Il dure en hiver de quatre heures du matin à la cloche de neuf heures ; en été, de la cloche de quatre heures à la cloche de huit. Mais les voitures commencent à défiler à partir de onze heures du soir.

On n'a point de places fixes. On se range dans l'ordre où l'on arrive. Et ce sont quotidiennement des batteries de domestiques qui enragent d'être obligés d'installer leurs paniers trop au fond de la galerie.

Les patrons n'arrivent que pour le coup de cloche de quatre heures.

A ce moment, la paix est rétablie. Dans toute sa longueur le vaste hall est bordé, sur les trottoirs, de paniers en files.

A droite, en entrant, c'est le « nice » que le P.-L.-M. débarque sur le carreau même; à gauche le « paris », que les jardiniers de Ménilmontant, de Montreuil, de Vaugirard, de Vanves, de Charonne, apportent soigneusement emballé dans des voitures. Des deux bords, on fait de bonnes affaires ; mais du côté du « paris » (ou du « chauffé »), du côté des lilas blancs, des roses, des camélias, des gardénias et des boules-de-neige sont les plus grosses fortunes.

On me montre une de ces vendeuses « parisiennes » assise sur ses paniers.

Elle a aux oreilles des diamants gros comme des noisettes. C'est une jardinière de banlieue, qui est riche à quatre millions. Au dernier jour de l'an, elle a vendu pour 600,000 francs de lilas. Voici ses voitures : des breacks couverts, tout en glaces, attelés de chevaux de prix, conduits par des domestiques en livrée.

Sur ce quai on grasseye à plein gosier, comme au faubourg. Sur l'autre, c'est tous les patois du Midi, les *r* roulés, — comme les yeux noirs, — les cheveux frisés, la gesticulation pour le plaisir, les appels de très loin à la pratique, l'engosillade et la pantomime, pour rien, pour vendre une botte d'anémones ou de jonquilles, d'ixias, de mimosas, de jacinthes ou d'œillets.

Et les roses !

— « La belle rose de Nice! Voyez les safrans, les niels, les cromatelles! C'est frais comme sur la tige! Ça s'ouvrira tout seul! »

Les boniments marchent, les piles de petits « basquets » en éclat de roseau, brillants comme si le pinceau les avait vernis, s'écroulent, en renversant sur les tables la moisson parfumée.

On se regarde un peu de travers entre « paris » et « nice », entre « soleil » et « chauffé ». Les uns haussent les épaules à voir le Midi si bruyant. Les autres sont agacés de la tranquillité de ces gens du Nord qui attendent le client, en sommeillant, les mains sous les tabliers, les pieds sur les chaufferettes.

Et la rue, large comme un fleuve, comme une Loire étalée, divise en deux camps irréconciliables les jardiniers et les commissionnaires.

C'est le Midi qui « fait la commission ».

Le P.-L.-M. apporte par centaines des petits « basquets », avec des adresses de ce genre :

Monsieur le numéro 4.

Paniers 6, 8, 10, 12.

Par ce procédé chacun retrouve facilement son bien. On vend la provision du jour. On retient 5 pour 100 pour sa peine. Il n'y a pas de contrôle. Il ne peut y en avoir. Toutes les affaires se font sur parole.

— « Et fort honnêtement, » m'a dit M. Legrand, le syndic des fleurs.

Syndic des fleurs!

N'est-ce pas que voilà un emploi qui fait rêver? On songe aux noms charmants dont les dames baptisaient les galants chevaliers au temps des cours d'amour. Au moins on imagine quelqu'un de ces êtres à moitié divins que l'on entrevoit dans les féeries.

Las! que vous êtes loin de compte!

M. Legrand est un fort honnête homme qui ressemble absolument à une mappemonde. Il porte, sur une belle plaque d'argent, au milieu de son ventre, la galère sous voiles qui flotte et ne coule pas. Cet emblème n'a jamais été si heureusement placé. On dirait vraiment un trois-mâts qui fait le tour du monde. De plus, M. Legrand est un camarade extraordinairement robuste, — aussi vigoureux qu'il est doux, — et il entend que le bon ordre ne soit point troublé dans son royaume.

Il passe sa vie à mettre la paix entre les « petites voitures » et les marchands de « nice ».

Car vous devinez, sans qu'on vous le dise, que les rouleuses de carrioles ne vont pas du côté du « chauffé ». Le lilas blanc est trop cher et trop fragile pour elles.

Quand elles ont une fois loué, à raison de cinq francs pour la semaine, la petite voiture qui promènera leur fortune, et payé les quatre sous du droit de circulation quotidienne, beaucoup n'ont plus une seule pièce blanche dans leur bourse. On vient alors trouver, avec des figures bien aimables, les commissionnaires que l'on connaît. Et l'on demande crédit. On n'est pas bien exigeant sur les marchandises. On va faire son choix dans les fleurs de la veille, qui remontent toutes mouillées des caves. Quelques branches de mimosas, plantées dans toute cette violette pour attirer l'œil, faire enseigne, et en route!

Mais quand les gains de la veille ont été honnêtes, quand on secoue dans sa poche quelques écus, on se garde bien de venir voir les commissionnaires.

On attend l'heure de la criée.

Au moment où dans la travée les lampes commencent de pâlir, où un souffle passe sur les bottes d'anémones et de jacinthes roses qui, à cette heure, dans cette lumière, ont comme une tendresse savoureuse de chair, — tout d'un coup une voix s'élève :

— « Allons! à la violette! »

Trois crieurs sont installés derrière une table. Dans son petit bureau, la plume en l'air, un quatrième attend que les enchères commencent.

C'est le beau temps et le mauvais temps qui font les cours. Par ces matins de neige et de pavé glissant on ne vend pas, on donne.

Aussi, de sa voix rauque, le crieur continue d'appèler :

— « Allons en poste pour la violette! Chaudes pour la violette! Est-ce qu'on aurait la « trouille », ce matin, mes commères? »

On l'entend de tous les coins. Des bonnes femmes arrivent coiffées de marmottes. Elles regardent ouvrir les paniers. Une étiquette est placée sous le couvercle, qui indique le nombre des bouquets, le prix demandé et la qualité des fleurs. Le crieur annonce tout cela à haute voix :

— « On passe la « russe »! En poste, pour la « russe »! Soixante-sept bottes! Douze francs! Voyez commères! Et ne chinez pas! »

(Entendez qu'il ne veut point qu'elles patrouillent trop la marchandise, sous prétexte de juger le grain de la fleur.)

— « Douze francs!... Y a-t-il marchand à

onze francs ?... Neuf francs !... Huit francs !... Adjugé à huit francs !

— Huit francs, cela ? dit avec envie une bonne femme qui vient d'arriver trop tard. On voit que Gros-René n'est pas là ! »

Qui ça, Gros-René ?

L'histoire de Gros-René, c'est la légende des rouleuses de fleurs.

Gros-René est un bon compagnon, que vous trouverez place de la Trinité, tous les jours de beau soleil. En dix ans, il a gagné « dans sa voiture » un capital de plus de 200,000 francs. Il pourrait se retirer à la campagne, devenir conseiller municipal, élever des lapins. Non ! Il a toujours bon pied, bon œil. Il ne veut pas quitter le carreau des halles, où il est monsieur Gros-René, — gros comme le bras.

Quand il paraît à l'enchère, les cours de la « parme » et de la « russe » montent tout de suite d'un sou. Les marmottes s'écartent pour le laisser passer au premier rang. Il peut enfoncer les deux mains dans les paniers sans que le crieur lui dise :

— « Ne chinez pas ! »

Il est Gros-René, et sa popularité est immense. La prochaine fois que vous traverserez la place de la Trinité, cherchez-le donc un peu des yeux et achetez-lui un bouquet de violettes. Vous verrez si ce batteur de pavé n'a pas le port d'un homme entré tout vivant dans la légende.

Sept heures du matin !

La criée s'enroue, s'éteint. Les commères reviennent à leurs petites carrioles qui les attendent le long du ruisseau, brancards en l'air. Du mieux qu'elles peuvent, elles composent leur éventaire. Puis l'on souffle dans ses mains.

— « Allons-y ! »

Et, dans toutes les directions, les lumineuses voitures s'éparpillent. La plupart charrient jusqu'à deux mille bouquets de violettes. Si le soleil se montre un peu, elles reviendront vides. Alors le billet de cent francs que la marchande aura risqué dans son commerce pourra rapporter une vingtaine de francs de bénéfice.

Le syndic des fleurs, qui me donne tous ces détails, est bien attristé de penser que j'ai visité son royaume un jour de si vilain ciel :

— « Revenez, me dit-il, dans quelques mois, quand les coucous et le « petit bleu » commenceront à rouler en charrettes. »

Je reviendrai certainement vous faire une visite, monsieur le Syndic des fleurs, par une belle nuit de mai. Mais, quelle que soit alors l'ampleur de votre moisson, elle ne me paraîtra pas, j'en suis sûr, plus riante que ce printemps à quatre sous que j'ai vu déballer dans la neige.

III

LE MAGASIN DE FLEURS

III

LE MAGASIN DE FLEURS

ous qui ne l'avez jamais vue que dans ses belles toilettes d'après-midi, dans la soie, dans les rubans, dans les diamants, dans les dentelles, la bouquetière dont les yeux et le sourire ont plus d'éclat

que toutes les roses du magasin, vous ne soupçonnez pas que cette élégante commence sa vie laborieuse à l'heure nocturne où les fleurs elles-mêmes sont closes, dorment corolles refermées, en défense des rosées qui fanent. Elle met quelque coquetterie, la bouquetière, à vous cacher sa double vie, et c'est vraiment un hasard qui m'a fait surprendre le mystère de ces transformations.

C'était donc, cet hiver, une belle nuit de carnaval, une nuit où la lune était toute ronde et où les talons de bottines faisaient des découpures dans le grésil blanc dont les trottoirs étaient saupoudrés.

Je descendais le long de la rue Royale, les bras enfoncés jusqu'aux coudes dans mes poches. Tout d'un coup, un peu avant la place de la Madeleine, une clarté, tombée de l'entresol des maisons sur le trottoir, me fait lever la tête. Je vois une fenêtre éclairée, et, derrière, les allées et venues d'une ombre féminine. Il n'y a pas à s'y tromper, ces bras qui se lèvent, comme pour mettre un chapeau, ce petit minaudage devant la glace, tout cela, c'est la gesticulation d'une femme qui va sortir.

Songez qu'il était quatre heures du matin,— en février c'est une heure noire,—songez que l'ombre que j'avais vue sur le rideau était tout à fait gracieuse, songez que je venais à pied de la place de la Concorde sans avoir eu l'occasion de parler à personne, le boulevard étant désert, — et ne me tenez pas rigueur de la curiosité qui me fit me jeter derrière un kiosque de journaux, afin de surveiller la porte cochère et de voir qui pourrait bien sortir par là.

Je n'attendis pas longtemps.

La fenêtre s'éteignit; quelques secondes après, un battant s'ouvrit dans la porte cochère. Une petite boule ronde qui jappait avec fureur s'échappa sur le trottoir, puis une femme sortit, frileusement emmitouflée, une blanche mantille sur la tête, un manteau de loutre avec un col de fourrure aussi haut que le mien, relevé derrière le chignon. Tout cela ne cachait pourtant pas si bien le visage que, à la faveur d'un réverbère, je ne reconnusse la toute gracieuse présidente de la Chambre syndicale des fleuristes, la marchande de la nouvelle gomme et des rois en exil.

— « Mademoiselle Lion! m'écriai-je en sortant de ma cachette. Je vous prends en flagrant délit d'aventure romanesque. Votre secret m'appartient. Dites-le-moi tout entier, puisque la bonne moitié est surprise.

— C'est vous! me dit l'aimable bouquetière, encore dehors, à une heure pareille?

— Mais vous-même!...

— Moi, c'est bien différent! Je vais à un rendez-vous...

— Je vous accompagne.

— Vous seriez attrapé si je vous prenais au mot, là, avec votre envie de dormir et votre cravate blanche!...

— Je vous jure que je ne vous quitte plus!

— Donnez-moi donc le bras! Cela se trouve bien, le pavé est glissant...

— Où allons-nous ?

— A la halle, mon bon ami ! »

Et c'était vrai ! Elle m'y a mené, bras dessus, bras dessous, par les ruelles noires, son chien roulant devant nous, dans la neige.

Tous les jours, avec ce compagnon, elle s'en va ainsi, la bouquetière, bravement, seule dans le Paris de nuit, connue des gardiens de la paix qui la saluent, à la rencontre, d'un :

— « Bonjour, mam'selle, ça pique ce matin !

— Mais oui, mon ami, ça pique. »

Et ça pique, pendant six mois d'hiver, si dur, que la bonne moitié des filles de jardiniers qui vendent le « chauffé » sur le carreau des halles s'en vont de la phtisie en deux saisons.

On a été élevée comme une demoiselle, dans quelque institution de banlieue ; on a pris des leçons de piano et d'anglais ; on a de petites camarades bourgeoises qui vous quittent à dix-huit ans pour aller cotillonner, un ou deux hivers, dans le monde, jusqu'à la rencontre d'un mari. Bien souvent, on est plus riche qu'elles. Parfois, on est héritière de serres et de jardins qui valent des cent mille francs, le million..., mais les parents veulent que leurs filles se marient dans la « partie », et ils les envoient s'asseoir, trop demoiselles, trop frêles, dans le courant d'air de la travée. Donc, un beau matin, vous remarquez que les petits doigts qui vous tendent la gerbe de lilas sont tout décharnés, que le porte-bonheur, devenu trop large, glisse du poignet jusque sur la main. Vous levez les yeux, vous regardez la jolie marchande. Comme elle a changé en une année!

— « Encore une qui ne reverra pas revenir le petit bleu! » — disent sous cape, en passant, les roulottières de charrettes.

Et si jamais elles ont envié, elles, les pauvres marchandes des « quatre saisons », cette aisance de parvenues qui se font porter au marché, parées, dans des voitures à glaces, leur jalousie se détend, leur bonté populaire s'attriste...

— « Les roses sont chères ce matin.

— Quoi, vingt francs pour dix fleurs! Mais quel prix voulez-vous donc que je revende mes bottes?

— Regardez les tiges, mademoiselle, regardez les tiges!

— Combien ont-elles?

— Plus de soixante-dix centimètres, pour sûr! »

La bouquetière regarde, hoche la tête, puis finit par mettre la botte sur son bras. Car les longues tiges, c'est l'orgueil des magasins de fleurs, la lettre de noblesse d'un bouquet. Une gerbe de lilas qui se respecte doit avoir un mètre cinquante de fusée. On en a vu qui lançaient leurs grappes à deux mètres, menaçaient les plafonds.

Vous savez si la bouquetière vous vend au poids de l'or ces pièces d'artifice; mais elle-même les paye des prix fous. Il y a pour cinq cents francs de fleurs dans son coupé qui nous attend au beau milieu du carreau.

Heureusement que le trotteur allonge et que de la halle au boulevard le trajet est court, car on mourrait vite dans cette petite boîte capitonnée, avec ces brassées de fleurs, sous les pieds, sur les genoux, qui, énervantes, vous chatouillent le cou et le visage, obscurcissent les vitres, s'ouvrent dans l'atmosphère échauffée par la présence de nos deux corps, jettent toutes ensemble des parfums soûleurs qui montent au cerveau comme un vertige...

Voici le boulevard, réveillé maintenant, avec ses passants du matin, les petites ouvrières nu-tête, menus trottins de Paris, le facteur qui glisse les journaux sous les portes, la porteuse de pain, statue en marche, qui fait retourner les artistes.

Les devantures des magasins se sont relevées. Les domestiques de la bouquetière viennent nous tirer de notre prison roulante.

— « Vite, François, à la glacière! »

C'est aux caves que les roses en bouton vont descendre. Il y en a qui demeureront là, prisonnières, quinze ou vingt jours. La chaleur du magasin les épanouirait trop vite. Il leur faut ce noviciat d'ombre, cette retraite où leurs parfums se recueillent et se concentrent pour les-éclosions durables, avant le début tapageur qu'elles feront dans le monde, en grande parure de rubans et de dentelles.

Dans l'escalier où on les descend, elles croisent la remontée au jour des fleurs qui savent leur rôle de coquetterie, les allumeuses qui vont s'installer dans la montre, accrocher l'œil du passant.

Et leur savante habilleuse est là qui les guette. Dans la maison, on l'appelle la *coloriste*, c'est une artiste d'un mérite tout à fait rare et qui se paye très cher : elle gagne aisément trois cents francs par mois, et elle a, en plus, le droit aux caprices. Elle sait par expérience qu'on ne la remplacerait pas aisément.

Il faut la voir devant sa table, où, comme des couleurs sur une palette, toutes ses fleurs sont posées. Selon les ressources du jour, elle a des combinaisons dans la tête, des alliances complémentaires, des audaces d'impressionniste qui auraient déconcerté M. Chevreul. Elles lui réussissent toujours.

O femmes du monde, qui rentrez toutes fières du bouquet que vous avez assemblé au hasard d'une promenade à travers votre parc, vous ne soupçonnerez jamais quelles délicatesses de nuances saisit l'œil de la coloriste, quels raffinements de demi-teintes donnent un caractère unique, inimitable à ses travaux.

Le lilas tout seul offre à son choix plus de cent qualités de nuances, toute une gamme de savantes gradations, qui va du mauve noir au jaune crème, au blanc laiteux, artificiellement créés dans les serres-caves par la progressive découverte des paillassons, — en passant par toutes les variétés raffinées du vieux mauve Louis XV, du lilas Charles X.

Cette incomparable artiste, *monteuse* ou *coloriste*, comme il vous plaira de dire, a remplacé l'antique *toupillonneuse*, l'ouvrière du fil de fer, des bouquets dressés comme un nougat.

La déchéance de la toupillonneuse, l'avènement de la coloriste, voilà le plus saillant événement de la chronique des bouquetières françaises, le vrai Quatre-vingt-neuf de la fleuristerie moderne.

Vous vous souvenez du règne de l'horrible « bouquet monté » contemporain de la crinoline et des keepsakes, où s'est complu le mauvais goût de nos mères? La pauvre fleur décollée, piquée au bout du fil de fer comme à la pointe d'une pique, se mourait en quelques heures de son suc perdu, du coup de croc hameçonné dans ses pétales. Mais qui donc en prenait souci? Le bouquet fané s'en allait tout de suite rouler dans un coin sa collerette de papier toute fripée. Car ce n'était point la fleur qu'on aimait alors, qu'on réclamait pour elle-même, mais bien l'hommage de galanterie imposé par la mode, l'aveu du désir discret, l'offre d'amours aussi éphémères que ces fleurs prises par la galanterie pour entremetteuses. Souvenez-vous des petits manuels scandaleux que les sacrilèges de ce temps ont publiés sous ce titre : *le Langage des Fleurs*...

A l'heure qu'il est, les fleurs n'entrent plus dans les maisons pour y faire le vilain métier de Prudence. On les reçoit comme des amies qui sont le sourire et l'ornement du foyer. On veut qu'elles aient longue vie. On les traite en hôtes privilégiées, les valets ne les touchent point ; c'est la dame du logis qui les sert de ses mains délicates, qui leur verse le matin la fraîcheur renouvelée de l'eau. Et le tête-à-tête se prolonge jusqu'à ce que les derniers pétales soient tombés au pied du vase précieux, sous le souffle trop haletant d'un éventail.

Les fleurs, aujourd'hui si bien traitées par

les femmes, ne veulent point être avec elles en retard de bonne grâce. Elles les font héritières des dentelles qui les nouent, et qui reparaîtront autour des mouchoirs, au bas des toilettes. La mode de ces précieuses collerettes mises aux bouquets a si bien pris de nos jours, que telle bouquetière, dont je sais le nom, occupe à elle toute seule, en Belgique, un atelier de dentellières.

C'est surtout pour les bouquets de corsage que la coloriste réserve ces encadrements précieux. Le bouquet de corsage, c'est pour elle comme une miniature où chaque touche a sa valeur. Son rêve, c'est qu'un amateur puisse dire à la seule vue de la facture :

— « Voici un bouquet qui a été composé pour une jeune fille ; cet autre est destiné à une marquise en cheveux blancs. »

Et quel souci d'assortir le bouquet à la toilette, de trouver la note juste, celle qui reste décorative, harmonieusement fondue dans l'ensemble des rubans et des étoffes ; qui prend le regard pourtant, et, comme par hasard, sans audace ni effronterie, le suspend au palpitement ailé des gorges féminines !

Une habile coloriste doit s'éduquer dans la perception de ces délicatesses, sans perdre pour cela la largeur de coup d'œil qui crée les belles décorations.

Il faut la voir, cette fée, qui, brin à brin, vient d'assembler si délicatement le bouquet de corsage, prendre à pleines mains les bottes de fleurs, que les monteuses en second, ses élèves, lui tendent en corbeilles pour « faire sa montre », chaque matin.

Une « montre », cela se compose comme une fresque. Il faut jeter la couleur en larges taches vibrantes, par paquets, par bottes, au couteau, avec un audacieux instinct des sacrifices nécessaires, des partis pris courageux qui mettent dans l'effet un seul point, une seule merveille. Dans l'ombre les azalées, fournies comme des boules d'hortensias ! Dans l'ombre les rhododendrons aux feuillages éteints! Tout vibrera sur ce fond neutre, et d'éclatantes couleurs pourront se produire à la faveur de ces ombres portées, sans disperser l'attention du passant qu'il faut recueillir, diriger.

Et, du sixième plan de ses rhododendrons, vers la glace, la montre s'avance, étageant les « Jacqueminot », les « Maréchal Niel », les « Paul Néron », les divines « Hermaphrodites », les « Malmaisons » aux larmes mal essuyées, les « Gloires de Dijon » opulentes, les « France », les orgueilleuses « Rothschild », les « Pourpres », les « Nivetòs », sœurs d'Océana l'Américaine, blanches comme elle, savoureuses et drues.

Au milieu, sur une colonne, un bouquet d'iris noirs dans un vase de cristal. Point de rubans, point de dentelles, point de corbeilles dorées. C'est pourtant ici la rareté unique, la fleur inconnue, qui pourrait sans sacrilège couronner l'or massif du Grâal. Des vies humaines se sont épuisées dans sa recherche. Une famille de jardiniers divins l'a poursuivie. Les aïeux sont morts sans l'avoir tenue dans leurs mains. Mais voici qu'il a fleuri pour l'arrière-petit-fils, l'iris pressenti, rêvé par deux générations d'artistes. Des nuits durant, il a fallu monter la garde autour des oignons sacrés, on a exhaussé les murs du jardin, on avait couronné leurs têtes avec des grappins de fer. Le vol et le meurtre ont été rêvés à cause de cette fleur. Qu'importe? Elle est là! Une fois de plus, l'homme a vaincu la nature.

C'est ici le lieu de célébrer sur un mode mineur la gloire des infernales orchidées.

— Sabots de Vénus! Catleyas! Odontoglossons! — dirait-on point les noms dont les magiciennes évoquent dans leurs incantations les démons familiers? — Sabots de Vénus, Catleyas, Odontoglossons, levez la tête avec orgueil! Filles sataniques de la science, vous ne devez rien à Dieu! Vous pouvez regarder avec mépris la création symétrique. Vous êtes les uniques, les individuelles, les inféondes. Hideuses, spirituelles, empoisonnées, en vous revit l'antique esprit de malice qui, dans l'obéissance des cieux, lança le cri de la révolte première. Croissez donc en laideur, en anomalie pour le divertissement des las, des ennuyés du Beau, Sabots de Vénus! Catleyas! Odontoglossons! Orchidées individuelles, inféondes, hideuses, infernales, consolatrices!...

IV

LE GRAND LIVRE DE CYTHÈRE

IV

LE GRAND LIVRE DE CYTHÈRE

N samedi soir.

C'est le jour de la semaine où le magasin de fleurs reçoit le plus de visites masculines. On vient chercher un œillet pour sa boutonnière et commander des envois de jardinières aux jolies femmes que l'on courtise.

Caché dans un petit coin de la boutique, derrière des boules d'azalées épanouies, j'ai assisté, l'autre jour, à l'un de ces défilés galants. Et j'ai passé là une bien bonne heure, car j'avais, assis près de moi, le diable Asmodée — déguisé, ce jour-là, en jolie bouquetière — qui, au fur et à mesure des entrées, me chuchotait à l'oreille la légende amoureuse de Paris.

Voici entrer un beau jeune homme blond, teint pâle dans une barbe qui flambe. Il a l'air nonchalant, impertinent et las.

— « Monsieur Max! dit la vendeuse avec son plus gracieux sourire. Vous voilà donc, infidèle ? Il y a bien huit jours que l'on ne vous a vu. »

Je pousse le coude d'Asmodée et je demande tout bas :

— « Comment! on l'appelle par son petit nom ici ?

— C'est un des plus sérieux clients de la maison, répond le petit diable. Il nous achète, bon an mal an, dans les quinze mille francs de fleurs. Sa note de janvier paye la vannerie. »

Cependant la vendeuse sourit toujours.

— « Et que vous faut-il ce soir?

— Deux gerbes de lilas, comme à l'habitude!

— Pareilles?

— Mais non, vous savez bien, une de cinq louis et une de dix.

— Cinq louis, c'est pour le boulevard Malesherbes?

— Et dix pour l'avenue de Villiers.

— Cinq, c'est sa femme; dix, c'est sa maîtresse, murmure à côté de moi la voix malicieuse. Au moins celui-là est gentil, il pense à tout le monde. Mais nous avons bien des égoïstes qui laissent leurs femmes se fleurir toutes seules et qui ne songent qu'à leurs plaisirs.

— Sont-ils pour cela plus mauvais que les autres, Asmodée ?

— Pouvez-vous le demander ? Cette gerbe de cinq louis, c'est un remords ! »

Vous voyez qu'au pays des fleurs le scrupule est un luxe de riches.

Le beau Max est parti en claquant la porte. Tout de suite, une nouvelle ombre s'y encadre.

Celui-là est un barbon grisonnant, avec un profil dur, une encolure de lutteur, des mâchoires de requin. Sa peau est jaune comme l'or qu'il tire de son gousset et jette dédaigneusement sur le comptoir.

A lui aussi la vendeuse lui sourit, mais ce n'est pas le même sourire que pour M. Max. C'est un sourire de politesse un peu peureuse, sans familiarité complice. Derrière nos azalées, Asmodée me pousse du coude.

— « Vous le connaissez ?

— Parbleu ! C'est Arvedo, le banquier maltais. »

L'homme en or s'approche, et, dur, préoccupé, il commande d'un ton bref :

— « Encore une jardinière d'orchidées.

— Même adresse? »

Pas de réponse, un hochement de tête, demi-tour sur les talons bas, quatre pas automatiques, le bruit de la porte qui se ferme.

La vendeuse demeure penchée sur son registre. Elle feuillette un instant les pages, puis lance d'une voix triomphante :

— « Quinze envois de fleurs en quinze jours à la même adresse! C'est la première fois que je le vois si fidèle! Il paraît qu'on lui résiste!

— Qui cela? » ne puis-je m'empêcher de m'écrier.

Et m'élançant de ma cachette :

— « Mademoiselle, montrez-moi votre registre? »

Mais Asmodée me rattrape par le bras et plaçant sur sa bouche son doigt sévère :

— « Pas cela, mon cher ami; ce registre

que vous voyez là, c'est le grand livre de Cythère; il ne doit s'ouvrir que pour les initiés... Non, n'insistez pas, sa lecture assassine et tue; vous riez, vous ne voulez pas me croire, écoutez l'histoire que je vous vais conter. »

Asmodée avait emprunté de si beaux yeux ce jour-là, qu'il n'y avait pas moyen d'être désobéissant. Je me rassis en soupirant dans notre cachette d'azalées et le diable commença :

— « Il y a trois ans maintenant presque révolus, un jour, j'étais assise à ce comptoir, comme c'est mon habitude dans la journée, quand un homme jeune, de fort belle tournure et que nous ne connaissions pas, entra dans le magasin.

« Il commanda une gigantesque botte de lilas et nous pria de la faire envoyer à une adresse qu'il indiquait. J'écrivis, comme c'est l'usage, cette adresse sur ce grand livre-là, et j'ordonnai à la coloriste de se mettre à la besogne.

« Notre client était bien juste sorti qu'une jeune femme entre à son tour, si pâle qu'elle a tout juste la force de dire :

— « Je voudrais un bouquet de roses... », avant de tomber sur une chaise. Nous lui présentons des bottes de France et de Malmaison. Elle choisit presque au hasard et dit :

— Vous m'enverrez cela, n'est-ce pas? »

« Je demande le nom et l'adresse.

— « Oh! répond-elle en se levant très vite, j'ai un nom étranger, tout à fait compliqué, laissez-moi l'écrire moi-même sur votre livre. »

« Je ne me défiais point, je la laissai faire. Elle jeta les yeux sur les deux lignes que je venais d'écrire, — c'était, au beau milieu de la page de mon registre, l'adresse où j'enverrais le bouquet de nivetôs, — et elle poussa un cri.

— « Madame, qu'y a-t-il?

— Pardon, je suis très faible, j'ai cru que j'allais m'évanouir... »

« Et fébrilement, comme si tout d'un coup elle retrouvait ses forces qui avaient failli lui échapper :

— « Voilà, dit-elle, envoyez-moi les roses que j'ai choisies et joignez-y, à la brassée, toutes les fleurs qui sentent bon, de l'oranger, des tubéreuses. Envoyez-en à pleines corbeilles... »

« Le surlendemain, les journaux nous donnèrent le secret de l'aventure. Notre premier client, c'était le mari. La jeune femme, prévenue de l'infidélité par une lettre anonyme qui taisait le nom de sa rivale, suivait son mari depuis deux jours à la piste. Elle l'avait vu entrer dans le magasin de fleurs et faire sa commande. Elle s'était glissée derrière lui pour surprendre sur notre registre le nom qu'on lui cachait.

« Elle avait lu le nom de sa meilleure amie.

« Mon camarade, il y a des femmes que l'on ne devrait point tromper. Celle-ci était tendre et romanesque. Elle ne put survivre à sa déception. Le soir même de sa fatale découverte, elle s'enferma chez elle, répandit follement sur son oreiller, sur son lit, toutes ces fleurs dont elle s'était fait envoyer une charrette, et se noya, ainsi qu'Albine, dans des parfums pernicieux.

« Vous voyez que les fleurs empoisonnent.

« Elles assassinent aussi.

« Avec tout Paris, vous connaissez la princesse Mimeska; c'est une femme aussi sage que belle depuis qu'un divorce bienfaiteur lui a permis la fierté publique de ses amours. Mais j'ai connu un temps, — alors qu'elle était comtesse de Darnetal, — où, épouse outragée et désespérée, séparée de ce qu'elle aimait, la princesse venait ici nous commander des envois de roses pour celui à qui elle n'avait pas le droit d'écrire, mais qui régnait déjà souverainement sur son âme.

« Un jour, la comtesse de Darnetal était debout, comme vous êtes là, près de ce bureau. Elle s'était fait apporter des bottes de roses blanches pour juger de leur éclat, et, du doigt, sur un dessin tracé par elle-même, elle m'indiquait la place souhaitée des fleurs.

« C'était une couronne souveraine, la couronne du prince Mimeski. La comtesse de Darnetal voulait faire tenir ces fleurs à celui qu'elle aimait, en souvenir d'un anniversaire.

« Nous étions toutes les deux penchées sur nos fleurs quand la porte s'ouvrit brusquement, et le comte de Darnetal s'avança vers nous d'un pas rapide.

« Il saisit sa femme par le bras et murmura :

— « Cette fois, madame, vous êtes prise! Vous ne nierez point! »

« Elle s'était brusquement redressée.

— « Je n'ai jamais nié! »

« Elle dit cela avec un tel mépris dans ses yeux, dans sa voix, que, si coupable qu'il fût, je me sentis un mouvement de pitié pour cet homme tant détesté.

— « Eh bien, mourez! » fit-il d'une voix sourde.

« Si la comtesse n'avait eu à ce moment un instinctif mouvement de corps, le stylet dont M. de Darnetal la frappa fut certainement entré dans sa poitrine.

« Il glissa sur le bras faisant une fine blessure, qui, sur la table, rougit de quelques gouttes de pourpre la neige des nivetôs.

« Mme de Darnetal ne poussa pas un cri. Elle entoura son bras d'un petit mouchoir de batiste; puis, tragique, elle sortit sans dire une parole.

« Vous savez la fin de l'histoire : les débats scandaleux, le divorce...

« Voilà ce que raconte mon livre.

« Peut-être ces aventures d'alcôve vous divertissent, et vous regrettez à présent encore plus que tout à l'heure que je vous aie défendu de feuilleter ces pages. Remerciez-moi, plutôt, mon cher ami, de vous épargner une épreuve.

« Le grand livre de Cythère, c'est le livre de la désillusion!

« Nous suivons là dedans les passions de leur naissance à leur mort, nous savons ce qui les attise, nous savons comment elles flambent, nous savons ce qu'elles durent.

« Telle femme du monde devant qui vous inclinez la tête, telle dont vous dites : « Celle-là est pure », a ici les souches de son péché, sa condamnation éternelle écrite. Telle jeune veuve, dont la douleur entretenue édifie les âmes tendres, nous met dans la confidence de son hypocrisie. Tel jeune homme que vous voyez conduisant sa fiancée à l'église et sur les pas de qui l'on murmure : « Enfin! voici l'amour », nous a donné l'ordre de ne point interrompre un seul jour l'envoi de fleurs qu'il fait à une amie ancienne, quittée hier, qu'on reverra demain. Non, ne l'ouvrez pas, si vous voulez garder quelque illusion sentimentale, le registre de la bouquetière, ne lisez pas ces dix mille chapitres de l'histoire monotone des amours... un peu... beaucoup... passionnément... pas du tout... »

TABLE

I

LA MARCHANDE DE VIOLETTES.... 1

II

LA HALLE AUX FLEURS.......... 13

III

LE MAGASIN DE FLEURS.......... 29

IV

LE GRAND LIVRE DE CYTHÈRE.... 49

IMPRIMÉ

SUR LES PRESSES TYPOGRAPHIQUES

ET EN TAILLE-DOUCE

DE LA

MAISON QUANTIN

Mars 1890

www.ingramcontent.com/pod-product-compliance
Ingram Content Group UK Ltd.
Pitfield, Milton Keynes, MK11 3LW, UK
UKHW021620260726
13965UKWH00007B/1378

9 782013 032209